AF312438

Ye

19239

LA LIBERTÉ,

OU

LA FRANCE RÉGÉNÉRÉE.

POËME.

Par M. l'Abbé de Cournand, Lecteur & Professeur Royal de Littérature Française.

Libertas, quæ sera, tamen respexit inertem,
Respexit tamen, & longo post tempore venit.

Virgile.

A LIÉGE,

Et se trouve A PARIS,

Chez LALLEMAND DE SANCIERRES, Libraire,
place Cambrai, à la Plume d'or;
Et chez les Marchands de Nouveautés.

1789.

LA LIBERTÉ,

OU

LA FRANCE RÉGÉNÉRÉE,

POËME.

Liberté ! foit ma Mufe, accours, infpire-moi
Des chants mâles & doux, des chants dignes de toi.
Dans le rythme Français ne foit plus prifonnière ;
D'un chemin non frayé, romps pour moi la barrière :
Viens, du feu du Poète, embrâfer en ce jour
Le cœur du Patriote ardent de ton amour.

Trop long-tems de tes loix, cette terre affranchie,
Sentit le defpotifme, ou connut l'anarchie,
Quand fous de foibles Rois, ou des Rois conquérans,
Un vil peuple de Serfs adoroit fes tyrans.
Les feuls enfans d'Aaron, les feuls Dieux de la Guerre,
Formoient le Champ de Mars, les plaids, la Cour plénière ;

A

Tout le refte attendoit de ces maîtres du fort,
Un pain trempé de pleurs, après ces pleurs, la mort.
O puiffent s'effacer de nos triftes annales,
Ces jours affreux des mœurs & des loix féodales !
Entre les maiñs des Rois le fceptre fut brifé ;
Le méchant hors d'atteinte & le foible écrâfé ;
Comme dans les forêts, l'agneau cède à la rage
Des tigres & des loups formés pour le carnage.

Vous, les fils des Guerriers, que ces jours ont fait grands,
Oubliez jufqu'au nom de ces fameux brigands,
Si des droits ufurpés, opprobre de leurs armes,
Sur la route du tems, sèment encor les larmes ;
Des peuples confolés montrez-vous les amis ;
C'eft épurer le fang dans vos veines tranfmis.

Des droits plus refpectés que vos races antiques,
Forment des citoyens les liens politiques.
La Nature, à nos yeux, toujours prompte à s'offrir,
Ne fit jamais d'efclave & n'en fauroit fouffrir.
L'efclavage eft contraire aux devoirs qu'elle impofe.
Funefte en fes effets, vicieux dans fa caufe,
Il livre, fans pudeur, fans juftice & fans fruit,
La vertu qui conferve au vice qui détruit.
Le Ciel n'a pu former cet étrange partage ;
Tout ce qu'il fait eft bien, tout ce qu'il veut eft fage ;
Et fi de la raifon tout mortel fut doté,
Tout mortel, en naiffant, reçut la liberté :

Tous égaux dans leurs droits, fentent que leurs ancêtres

N'ont pu les enchaîner, en fe donnant des maîtres;

Que la fociété dont ils forment les nœuds,

N'eft rien, fi tous n'ont droit à l'efpoir d'être heureux.

Déja la liberté, dans fes élans fublimes,

Aux flateurs des tyrans oppofe ces maximes ;

Et le peuple Français fortant de fa ftupeur,

Apprend d'elle à fentir ce qu'il lit dans fon cœur.

Ainfi le feu fecret que le caillou recèle,

S'échappe, & frappe l'œil de fa vive étincelle,

Lorfque l'acier brillant dont le choc le produit,

Reffufcite le jour dans l'ombre de la nuit.

France! enorgueillis-toi de tant d'écrits célèbres : (1)

Sur tes droits méconnus il n'eft plus de ténèbres.

Le defpotifme affreux, bleffé d'un jour fi beau,

Court, au fond des enfers, cacher fon noir flambeau.

Ainfi, la Liberté que conduit l'efpérance,

Va, par fon règne heureux, régénérer la France.

La France héfite, & craint de croire à fon bonheur :

Tel un enfant chéri, qu'un art confolateur,

Rend à peine aux foupirs d'une mère attendrie,

Même en rouvrant les yeux, doute encor de la vie.

---

(1) Ceux des Ceruti, des Target, des de Sieyes, des Mounier,
des Rabaud de St-Etienne, &c. &c.

L'abus d'un vain pouvoir, de faux droits, de faux biens,

Du pacte social relâchent les liens.

Tous alors contre tous exerçant leur génie,

Associant la ruse avec la tyrannie,

Oppresseurs, opprimés, confondant tous les droits,

Couvrant leurs attentats du nom sacré des loix,

Ou foulant à leurs pieds les loix les plus augustes,

Se croiroient malheureux s'ils cessoient d'être injustes.

Qu'attendre de leurs cœurs à la pitié fermés ?

Voyez ces loups cruels l'un contre l'autre armés,

Réunis par l'instinct d'une faim dévorante,

Sur un peuple éperdu porter leur dent sanglante ;

Se disputer entr'eux ses membres en lambeaux,

Et changer les Etats en de vastes tombeaux ?

De quelles mœurs, o Ciel! ai-je fait la peinture ?

De qui sont ces excès dont frémit la Nature ?

Un peuple doux, sensible, un peuple ami des Arts

Va-t-il, de mes tableaux, détourner ses regards ?

Faut-il vous rappeller ces infâmes corvées, (1)

Du sang des malheureux si long-tems abreuvées ?

Ce sang grossi de pleurs, engraissant les sillons

Tristement labourés par un peuple en haillons ; (2)

---

(1) Nous voudrions pouvoir citer ici les beaux vers que M. l'Abbé Delille a faits sur cet abus criant, dans une Epître adressée à M. de Trudaine, & qui n'est pas imprimée.

(2) On ne trouvera point ceci trop fort, en considérant l'état de quelques Provinces de France.

Sous le chaume éploré , les mères innocentes
Voyant périr l'efpoir de leurs races naiffantes ;
De perfides confeils ufant de jour en jour ,
Et les moyens de vivre & les foins du labour :
Dans les champs défolés , l'oppreffion légale (1)
Déployant , fans pitié , fa rigueur infernale ,
Et le fifc dévorant , forcé par fes Suppôts ,
A faire un art affreux du malheur des impôts ?

    Pour mieux fentir l'horreur de ces mœurs homicides ,
J'entre dans les forêts des antiques Druïdes ,
Où le Prêtre barbare , un couteau dans la main ,
Répandoit pour fes Dieux des flots de fang humain.
De la Religion la voix impérieufe
Encourageoit au moins cette coutume affreufe :
Aujourd'hui , fous un Dieu de juftice & de paix ,
C'eft l'homme qu'on immole aux hôtes des forêts.
Ce champ , de fes ayeux le modefte héritage ,
Un peuple deftructeur avec lui le partage ;
Parafites nombreux , qu'à la honte des Grands ,
Un code fanguinaire engraiffe à nos dépens ;
Comme fi le plaifir de voir tomber leur tête ,
Payoit les jours de l'homme affamé par la bête :
Tant la raifon balance en vain l'orgueil jaloux ,
Tant la pitié qu'on vante , eft encor loin de nous !

–––––––––––––––––––––

(1) Cette expreffion hardie eft empruntée des Saifons de
Thompfon.

Heureux, ah ! trop heureux, l'âge qui nous va suivre,
S'il doit aimer les champs, pour le plaifir d'y vivre ;
Si, loin d'y rencontrer des objets douloureux,
L'image du bonheur y vient frapper les yeux.
Pour nous, moins fortunés, ni les bois ni les plaines,
Ni l'émail des gazons ni le bruit des fontaines
Ne peuvent nous flatter d'un fpectacle enchanteur :
La misère toujours y vient glacer le cœur.
Que me font ces palais dont nos champs s'embelliffent ?
A leur porte, la faim, la nudité gémiffent.
Je cherchois du repos, des sîtes gracieux ;
Je reviens, fatigué de voir des malheureux.

Rêves de l'âge d'or, menfonges trop aimables,
Puiffiez-vous être enfin rayés du rang des fables !
Servez les vœux ardens d'un grand peuple exalté
Par l'amour de la gloire & de la liberté.
Nous ne demandons point que l'avare Nature,
Epargne à nos travaux les foins de la culture ;
Que du creux d'un vieux chêne, un miel limpide & doux
Aille chercher le lait roulant fur les cailloux ;
Mais que le Laboureur, déformais plus tranquille,
Sans affamer les champs, puiffe nourrir la ville.
Borné dans fes défirs, que lui faut-il enfin ?
Une femme, un manoir, du travail & du pain.
Hélas ! de ces épis que fes mains ont fait naître,
Econome pour lui, prodigue pour un maître,

La moindre part lui reste, & souvent les hivers
Aggravant fur fon toît l'inclémence des airs ,
Ne laiffent aux ennuis de fa trifte exiftence ,
Que la mort pour afyle , & fes pleurs pour défenfe.
  Si Pomone gémit fur fes champs dévaftés ,
Peut-être le bonheur habite les cités.
Voyez-les élevant leurs têtes orgueilleufes ;
Brillantes de tréfors , on les croiroit heureufes :
(Combien l'homme eft féduit par des dehors trompeurs !)
Eh ! la même infortune y commande les pleurs.
En vain , vous admirez leurs portes triomphales ;
L'abondance s'arrête à ces portes fatales ,
Et la bourfe à la main , les larmes dans le cœur ,
Elle achète le droit de nourrir le malheur.
Mais le luxe en vos murs étale fes conquêtes ;
Ce peuple jouit-il de l'éclat de vos fêtes ?
Eft-il de vos feftins ? vit-il fous vos lambris ?
Boit-il dans l'or ces vins qu'un beau ciel a mûris ?
Hélas ! de fes fueurs le modique falaire ,
Avec peine , à fa faim donne un pain néceffaire.
Dévoré par l'envie , aigri par fes malheurs ,
Ufé par vos excès , corrompu par vos mœurs ,
Plongé dans le mépris dont fon ame eft flétrie ,
Trop lâche pour connoître & fentir la patrie ,
Pour furcroît de mifère , il a dans fes befoins ,
L'indigence des champs & leurs vertus de moins.

Vous, qui par ſes malheurs alimentez vos vices,
De quel horrible prix vous payez ſes ſervices !
Ah ! ſi le pauvre encor, doit gémir ſous vos coups.
Qu'il aille loin des Rois, des cités & de vous,
Dans le fond des forêts, ſon antique partage,
Retrouver la nature avec l'homme ſauvage.
Là du moins, ſéparé par les monts & les mers,
Diſputant ſa pâture aux monſtres des déſerts,
Il devient libre enfin. Rien ne force ſa bouche
A maudire dans l'homme un monſtre plus farouche,
Qui, ſous le nom de pacte & de ſociété,
Lui diſpute ſa vie, après ſa liberté.

La France, ſur ſon ſort, enfin mieux éclairée,
Cherche à guérir les maux dont elle eſt dévorée.
Les vertus, les talens, par un noble concours,
Vont donc, pour la ſauver, réunir leurs ſecours !
Quand la maſſe des mers ébranle le rivage,
Tout s'émeut, tout ſe trouble à l'aſpect du naufrage ;
Sur la vague en fureur le fort s'ouvre un chemin :
Mais le foible périt, s'il ne lui tend la main.
Le foible, c'eſt le peuple, & c'eſt vous qu'il implore,
Vous, ſes ſages, ſes chefs, & ſon eſpoir encore ;
C'eſt lui, qui par les flots ſubmergé tant de fois,
Survit à ſon naufrage & réclame ſes droits.
Faut-il l'abandonner à ces hordes barbares,
Qui ſemant le malheur ſur des rives avares,

Et bravant des mourans les fanglots & les cris,

Du vaiffeau fracaffé s'arrachent les débris ?

Mais doit-on craindre encore une injufte puiffance?

O Liberté! ton jour brille enfin fur la France;

La Nation rendue arbitre de fon fort,

Rappelle aux mêmes loix & le foible & le fort.

La volonté publique , augufte fouveraine ,

Eft la garde du foible & du fort qu'elle gêne.

Terrible aux feuls méchans qui voudroient l'enchaîner,

Un Roi jufte l'écoute, & la fait gouverner.

Français ! votre cœur s'ouvre à ces grandes maximes.

Le tems eft près encor où l'on en fit des crimes :

Sur vos droits mieux connus veillez mieux déformais.

Ah ! puiffent de tels nœuds vous unir pour jamais !

On m'obéit : déja tout s'agite & s'affemble ;

Roi , Peuple, (1) Grands , Pafteurs, tous confpirent
   enfemble.

Les villages, les bourgs, les cités, les hameaux ,

Méditent fur leurs droits , confultent fur leurs maux.

En vain l'Etat préfente une immenfe étendue ;

Du moindre des fujets la voix eft entendue.

Voyez-les fe former en mille effaims nombreux,

En face des autels dreffés par leurs ayeux,

---

(1) Le mot *Noble* , pris fubftantivement , n'étant pas affez noble dans notre Poéfie , nous avons été obligés de mettre celui de *Grand* à la place.

Invoquant de concert, fur leur tombe attendrie,
La Liberté, le Roi, le Ciel & la Patrie.
Organes de leur vœu, des citoyens de choix,
Fiers de l'honneur facré de défendre leurs droits,
Volent vers la cité qui de fes tours appelle
Son champêtre Sénat qui s'affemble avec elle.
Là, l'intérêt commun fagement débattu,
Réduifant l'égoïfme au frein de la vertu,
Un cahier courageux devient dépofitaire
Et des maux qu'on déplore, & des biens qu'on efpère.
Enfin du peuple entier les illuftres garans,
Elus en nombre égal des Prêtres & des Grands,
Vont, munis des pouvoirs qui règlent leur puiffance,
Former ce corps augufte où réfide la France.
Tout partage à l'envi des intérêts fi chers;
Les uns paffent les monts, d'autres bravent les mers,
Comme ce peuple aîlé que le zéphir ramène,
Et qui d'un ciel plus doux fillonne au loin la plaine.

Tels, dans ce mouvement, dont un fiècle pieux
Vint tourmenter la foi de nos groffiers ayeux,
On vit tous les Français, dans leurs faintes alarmes,
S'attrouper, s'indigner, frémir, courir aux armes.
La trompette en furfaut brife l'air de fes fons;
L'un forge en glaive aigü le fer de fes moiffons,
L'autre effaye à fon corps la cuiraffe pefante;
L'amant, du même zèle, enflamme fon amante.

Tout devient arfenal, tout s'anime au combat ;
La mître d'or fe change en cafque de foldat ;
Et du tombeau du Chrift la haute deftinée,
Pèfe avec nos Guerriers fur l'Afie étonnée.

Ce délire a pour nous l'air des temps fabuleux ;
Le nôtre, plus fenfé, doit être plus heureux.
Ma voix ne chante point les héros de la guerre,
De leurs fanglans exploits faifant frémir la terre :
Ici tout eft paifible, & l'olive à la main,
Le peuple à mes héros applanit le chemin.

Conduis par la vertu, guidés par la prudence,
Ils accourent, chargés du deftin de la France.
Des trente régions qu'elle enferme en fon fein,
Chacune, avec orgueil, concourt à leur deffein.

Mon œil d'abord s'arrête à la riche Neuftrie, (1)
Des fiers enfans du Nord floriffante Patrie,
Qui d'Albion vaincue étonna les regards,
Et lui porta fes mœurs, fon génie & fes arts.

Du fort de fes enfans l'Armorique agitée, (2)
Refpirant des fureurs qui l'ont épouvantée,
Fait retentir au loin cette effrayante voix :
« Qui méprife le peuple eft indigne des loix. »

---

(1) Neuftrie eft l'ancien nom de la Normandie.

(2) Armorique eft le nom ancien de la Bretagne.

De pampres & d'épis, compofant fa couronne ,

(1) L'Aquitaine fourit à l'efpoir qu'on lui donne ,

Offre à la liberté fes tréfors les plus chers ,

Son courage, fon fleuve, & les préfens des mers.

Les Sujets de Henri , du pied des Pyrénées ,

N'ont point de fon berceau trompé les deftinées.

De l'avare intérêt leur fentiment vainqueur ,

Prouve ce que leur père eft encore à leur cœur.

Chère ombre ! ce fpectacle a ranimé ta cendre :

Toujours remplis de toi , toujours fûrs de t'entendre ,

Tes braves Béarnois confolent par leurs vœux ,

Tes jours trop-tôt finis pour voir ton peuple heureux.

Donnant fon zèle aux cœurs , aux efprits fon génie ,

La Liberté parcourt la vafte Occitanie , (2)

Rend le Prêtre aux autels , les peuples à leurs loix ,

Aux cultes différens fait entendre fa voix ;

Tous volent fur fes pas , tous s'enflamment pour elle ;

La concorde eft l'encens qu'on brûle à l'immortelle.

Et toi , belle Provence ! avec la Liberté ,

Recouvre de tes mœurs l'antique dignité.

Souviens-toi que la Grèce , aux jours récens du monde ,

Pour te donner fes loix , franchit la mer profonde. (3)

---

(1) La Guienne.

(2) C'eft ainfi qu'on appelloit le Languedoc dans l'antiquité.

(3) M. l'Abbé Barthelemy s'en eft fouvenu, lui qui fait tant d'honneur à notre Province.

Sous un Roi citoyen , rappelle à tes enfans,

Leurs ayeux & leur gloire, & tes jours triomphans.

La fière Liberté, dans fa courfe, m'entraîne

Près de ces monts fameux où plus mère que reine,

Elle dicte fes loix à ces peuples humains,

Que gouvernoit jadis Humbert aux blanches mains. (1)

Devant elle l'orgueil baiffe fa tête altière ;

Je ne vois plus qu'un peuple, une famille entière

De fimples Citoyens, de Prêtres & de Grands,

Qui confondent leurs droits, leurs vertus & leurs rangs.

Tel le Rhône fuperbe & libre dès fa fource,

Vient aux eaux du Léman (2) fe mêler dans fa courfe;

Et fur fes riches bords ne va voir aujourd'hui

Que des peuples heureux & libres comme lui :

Soit qu'il baigne les murs de cette ville immenfe, (3)

Où la Sâone tranquille accroît fon opulence ;

Soit qu'à travers les monts précipitant fes flots,

De cent torrens épars il raffemble les eaux ;

Soit qu'il ouvre fon urne à l'urne tributaire,

De la Drome rapide & du bruyant Isère, (4)

Il ira , fans gémir du fpectacle des fers,

Groffir de fes tréfors la dépouille des mers.

---

(1) C'eft fous ce Prince que le Dauphiné fut réuni à la France.
(2) C'eft le nom ancien du Lac de Genève.
(3) La ville de Lyon.
(4) Deux rivières du Dauphiné.

La Liberté rappelle à ſes loix généreuſes,
Des peuples Bourguignons les campagnes heureuſes,
Ces plaines , ces côteaux , où l'œil, avec douleur,
Voit le travail, ſans fruit , combattre le malheur. (1)
O Rois ! qu'avez-vous fait ? ſont-ce là ces peuplades
De Laboureurs Gaulois & de Germains nomades, (2)
De qui les bras nerveux exercés ſans excès,
Donnoient aux champs leur gloire, aux combats leurs
    ſuccès ?
La faim ſe fait ſentir où les moiſſons jauniſſent !
L'eau ſeule éteint la ſoif où les grappes mûriſſent !
Auſſi l'homme des champs, ſans force, ſans appui,
Accuſe un ciel d'airain qui ne l'eſt que pour lui.

    Des ſommets du Jura , mon aimable immortelle,
Voit ſon chapeau couvrir un peuple inconnu d'elle.
Parmi ces bois, ces champs long-tems tyraniſés,
Elle apperçoit des fers que Louis a briſés. (3)

---

(1) L'état miſérable des payſans de Bourgogne eſt une choſe connue.

(2) Les anciens Gaulois s'adonnoient à l'Agriculture , & les peuples Germains qui envahirent la Bourgogne étoient nomades ou paſteurs.

(3) M. le Chevalier de Florian a célébré cet événement dans une Pièce couronnée à l'Académie Françaiſe.

Son vol s'abbaisse au loin sur l'Alsace guerrière,

De l'Empire français redoutable frontière,

Où les drapeaux des lys flottent sur vingt remparts

Hérissés de soldats, de foudres & de dards.

La Déesse, en ces lieux, n'étoit point attendue ;

Mais des enfans de Mars sa voix est entendue.

Le sang Lorrain l'invoque ; elle accourt à grands pas,

Rendre à ce beau pays les jours de Stanislas.

Des querelles des Rois vaste & sanglant théâtre,

A réparer ses maux la Flandre opiniâtre,

Semble dire, à grands cris, au batave jaloux :

« Fais faire à tes tyrans ce qu'un Roi fait pour nous. »

De vingt pays divers embrassant l'étendue,

La Liberté rassemble une foule éperdue

De femmes & d'enfans, d'hommes & de vieillards,

Sous des huttes de jonc confusément épars.

L'esprit qui de leurs maux rappelle la mémoire,

Se refuse à les peindre & le cœur à les croire.

Des rives de la Somme, aux rives de l'Allier,

Sou sun sceptre de fer, la loi les fait plier ;

De nos Rois, cependant c'est l'antique héritage :

Ils invoquent Louis pour venger leur outrage.

La Liberté flattant leurs pleurs d'un prompt secours,

Découvre, en s'éloignant, de barbares vautours,

Qui, de leur vol sinistre effrayant les campagnes,

Semblent, à son aspect, s'enfuir vers les montagnes.

Enfin la Déité, dans son immense tour,

Croit, du Roi des Français, voir l'augufte féjour.

Surprife, elle s'arrête : Où fuis-je? un Roi m'appelle!

Sa Cour fuit fon exemple! eft-ce un fonge? dit-elle :

Ce peuple de Héros qu'infpire un fi bon Roi,

Gouverné par l'honneur, veut l'être auffi par moi!

France! à mon protecteur prépare une couronne :

Qu'il la tienne de toi, quand c'eft moi qui la donne!

Du prix de fes bienfaits daigne au moins avertir

Ce cœur qui fait aimer, fans craindre un repentir.

   Dans la vafte cité, reine de cet Empire,

Déja dans tous les cœurs la Liberté refpire.

Déeffe tolérante, elle veut gouverner

Ses nombreux zélateurs, mais fans les enchaîner.

La vérité la fuit, dont le mâle courage

D'un peuple vain, léger, va faire un peuple fage.

Les partis, les débats, les cabales, les cris,

La preffe vomiffant un déluge d'écrits,

Fantômes effrayans de tant d'efprits vulgaires,

Sont de fon règne heureux les fignes ordinaires.

Le pilote languit dans le calme des mers ;

Les vents fervent la terre, en tourmentant les airs.

Aux doux rayons du jour qui peut préférer l'ombre?

Mais le lâche affaffin fe plaît dans la nuit fombre.

   Eft-ce à nous d'être en proye à de vaines terreurs,

Nous, contre les forfaits défendus par nos mœurs,

Nous

Nous, amis de la paix, plus amis de la gloire,

Triomphons de nos maux; voilà notre victoire.

Mais ne demandons point à nos simples ayeux,

Ce jour qui leur manquoit, pour deffiler leurs yeux:

Ainsi que leurs vertus, leurs erreurs sont connues.

Francs dans leurs procédés, mais bornés dans leurs vues,

Sur la route du bien ils marchoient au hasard;

Le mieux qu'ils desiroient nous est venu plus tard.

Malheur à qui s'enfonce, aveugle volontaire,

Dans la nuit de leur tems, quand le jour nous éclaire,

Et qui des préjugés esclave ambitieux,

Voudroit qu'un peuple entier fût absurde comme eux !

   O vous ! à qui l'Etat, par un libre suffrage,

De sa félicité commet le grand ouvrage,

Gardez-vous de vouloir, de chercher à demi

Le bien dont le méchant fut toujours l'ennemi.

Suivez l'opinion que nos voix ont formée;

Croyez vos sentimens, croyez la renommée;

Sur le bonheur public mesurez vos succès;

De ce bonheur dépend l'honneur du nom Français.

Quelle honte pour vous ! quel regret pour la France,

Si ce grand appareil trompant notre espérance,

Fait dire à nos rivaux, triomphans de nos pleurs :

« Ce peuple sans vertu mérite ses malheurs. »

   A flatter nos abus rien ne peut vous contraindre :

Non : vous êtes trop grands, trop sincères pour feindre ;

B

Contre les vils foupçons notre choix vous défend.
Mais incertaine encor , l'Europe vous attend ;
Et la poftérité , ce juge incorruptible ,
Vous regarde d'un œil favorable ou terrible.

Tout , dans ce grand moment , vous dit de vous unir.
L'exemple du paffé , dont frémit l'avenir ,
Nous montre la Difcorde , adroitement cruelle ,
Eternifant les maux qui s'engendrent par elle.
Combien de fois riant de liens mal tiffus ,
En d'imprudentes mains , fa main les a rompus !
Souvent de la Patrie elle égara les pères ,
Où payant des méchans pour défunir des frères ,
Soutint , par le crédit de vénales clameurs ,
La licence des loix , des impôts & des mœurs.

Heureux qui peut fentir le prix de l'harmonie ,
Qui par l'efprit public élevant fon génie ,
Travaillant pour lui-même en travaillant pour nous ,
Voit le bien de chacun naître du bien de tous !
Trop inftruit du paffé pour différer l'ouvrage
D'un bonheur bien plus doux quand chacun le partage ;
Qui , dans l'ennui des Cours , fe perfuade bien
Qu'un Grand eft peu de chofe où le Peuple n'eft rien ;
Qui fûr de fa vertu , bien plus que de fes places ,
N'ofe même douter , en s'offrant aux difgraces ,
Si la pauvreté libre eft un plus grand tréfor
Que le vil efclavage , avec des monceaux d'or.

Je fai que la molleffe & les cœurs mercenaires
Regardent en pitié ces maximes févères.
La baffeffe fe plaint, l'intérêt fe trahit;
Mais à l'honneur français enfin tout obéit.
Eh ! qui ne voit déja, par fes brûlantes flammes,
Sa cendre rallumée électrifer les ames,
Tous les états s'unir, tous les yeux s'éclairer ?
Comme on voit dans le ciel, les mondes s'attirer,
Et toujours balançant leur force réunie,
Conferver du grand tout la puiffante harmonie.

Ce prodige inouï, nous le devons à toi,
Liberté ! dont le règne eft le bienfait d'un Roi.
Ta fageffe prépofe aux deftins de la France
Ces mortels courageux qu'obferve un peuple immenfe.
Arme de ton pouvoir ces alcides nouveaux ;
Les monftres à dompter coûtoient moins que nos maux :
Si leurs fauvages mœurs les rendoient implacables,
Des brigands plus polis font-ils moins redoutables ?
Ils diront, au mépris de nos plus juftes droits,
Que l'intérêt du peuple eft l'ennemi des Rois ;
Mais la fage raifon, fecourable à nos larmes,
Prête à nos défenfeurs fes invincibles armes.
Je les vois dans ces jours marqués pour leurs combats,
Aux cent têtes de l'hydre oppofer mille bras,
Confondre des méchans les deffeins facriléges,
Eventer leurs complots, s'avertir de leurs piéges,

Joindre à l'art de parler, le courage d'agir,

Et sauver aux Français la honte de rougir.

    Un régime nouveau rend la France à la vie ;

Et d'acclamations la Liberté suivie,

Jettant sur cet Empire un regard satisfait,

Nous garantit ses biens, dans ce vœu qu'elle a fait :

» S'il étoit un Ministre, actif, ferme, sensible,

» Qui fût de la vertu l'image incorruptible,

» Noble présent du ciel, à nos jours réservé,

» Idole de l'Etat que son nom a sauvé,

» Qui, grand par son esprit, grand par son caractère,

» n'aimât de son emploi que l'honneur de bien faire ;

» Ajoutant par ses mœurs du poids à ses discours,

» Trop fier pour s'abbaisser au manége des Cours ;

» Voyant, d'une hauteur où lui seul peut atteindre,

» Les dangers sans les fuir, les partis sans les craindre….

» Ce prodige, il est vrai, ne s'est vu qu'une fois.

» Mais votre histoire, un jour, en instruisant les Rois,

» Peut fixer leurs regards sur ce crayon fidèle,

» Et leur dicter des choix formés sur son modèle «.

F I N.

www.ingramcontent.com/pod-product-compliance
Ingram Content Group UK Ltd.
Pitfield, Milton Keynes, MK11 3LW, UK
UKHW021644130726
13696UKWH00005B/2402